LOTARIO

CARLOTTA FERRARI

AL MUNICIPIO DI LODI

CHE AL BENESSERE ED AL LUSTRO

DELLA COMUNE TERRA NATALE

INTENDE CON CIVILE SAPIENZA

QUESTO POEMETTO

CHE VORREBBE DI GRATITUDINE

DURATURO MONUMENTO

RISPETTOSA DEDICA L'AUTRICE.

PARTE PRIMA

Argomento.

Lotario figlio d'Ugone di Provenza re di Lombardia, conosciuto il costui progetto di spegnere Berengario Marchese d'Ivrea che secretamente aspira al trono Lombardo, salva la vita del Marchese con pericolo della propria onde evitare al padre la taccia di traditore.

— « Perchè sì tacito, sì tetro in viso

Mirarti, o padre, sempr'io dovrò?

Qual mai t'ha l'anima dolor conquiso?

Qual ferrea mano sul cor posò?

T'offria la sorte propizia in dono

Quel ch'è dei Cesari gentil sospir:

Bieco Rodolfo t'invidia il trono

Ch'ardua fu meta de' tuoi desir.

E tu fai torbidi quei dì ridenti

Di cui sì splendido brillò il seren?

Padre, se m'ami, de' tuoi tormenti

L'arcana fonte ch'io sappia almen!»

Movea Lotario così la voce

Dolente al fianco del genitor;

Ruggìa d'Ugone l'alma feroce

Che in questi accenti proruppe allor:

«Vôto fremendo stringea l'artiglio,

È ver, d'Elvezia scornato il sir;

Ma l'altrui danno che valmi, o figlio,
Se innanti veggiomi l'abisso aprir?

Se più da presso m'insidia il regno
Tale che ammantasi del mio splendor;
Tale che a compiere sì reo disegno
Si giova, iniquo! del mio favor?

Si, Berengario... — Padre, che ascolto!
Di lui sospetti?.. ma oh ciel! pur or
Te umano accoglierlo, benigno in volto
Non vidi? or d'onde l'astio, il livor? —

— Troppo inesperto, fanciul, tu sei!
Fin che il sorriso sul labbro sta,
Avvolto lo tengolo ne' lacci miei,
Nè da me salvo fuggir potrà. —

— Ahi raccapriccio! no, la tua fama
Il tradimento non macchierà!
Su questa il giuro fedel mia lama,
O questa il petto mi squarcierà. —

— Vivi, o dei popoli, speme ed orgoglio!
Reo forse io sono; ma il son per te... —
— Odio la vita; rinunzio al soglio
Ove al rimorso compagno egli è. —

— Pur te d'ascenderlo sol degno io veggio;
Cedi, Lotario... — Di me pietà! —

— No, fin ch'io vivo d'Ausonia il seggio

No, Berengario non calcherà! —

— Ned ei vi aspira. — Chi t'assecura?

Non ha Ermengarda matrigna invan!

Ambizïosa, cocente cura

Lo guida all'inclito lombardo pian.

— Padre, tiranno te il dubbio rende

Se lui punisci del tuo timor.

Ma se l'aspetto di lui ti offende

Da te lontano vada, o signor! —

— Che parli, o stolto? finch'ei m'è presso

Lieve sue trame mi fia sventar.

Non t'è più oltre parlar concesso

Ove sol l'opra ne può scampar.

Ah! invan su questo superbo volto

L'astuta maschera sofferto avrò

Ch'ha in sè tremendo martire accolto

Che pondo orribile su lui gravò?

D'angoscie tante sfuggirmi il frutto

Or lascierommi? — Quel frutto è vil!

Fia del delitto compenso il lutto. —

— Pensiero indegno d'alma viril!

Già del mio scettro te a parte io volli;

Ma in me risiede, ben sai, l'imper:

Ora ai femminei pensieri e folli

Legge immutabile sia il mio voler!»

Tal quel magnanimo turbato ei lascia
Cui l'onta è strazio del genitor:
Però nol vince l'orrenda ambascia
Ma afforza il nobile natio vigor.

Regna d'Ugon nella magione altera
L'oscura notte del silenzio amica;
Ma non posa del re l'anima fera
Cui l'ira ognor del suo velen nutrica;
Come celato o come aperto ei fera,
E traditore il popol lui non dica,
Medita e libra; e il perfid'atto affretta
Chè gli è del figlio la virtù sospetta.

Ma nel turrito suo palagio intanto
Giustizia incontro al suo voler congiura:
Del fallir quasi qui riveste il manto,
Serbando intatta sua gentil natura;
Chè spesso oprare a' rai del sol l'è vanto,
Talor le giova la tenébra oscura.
Ma di sè lascia poi vestigi eterni
Onde l'esempio i posteri governi.

Striscian nell'ombra due guerrier; possenti
Entrambi invero, ma di cor diversi;
La propria vita avvien che l'un cimenti
Per quei che nutre a lui gli affetti avversi,
Sebbene astuto altro mostrare ei tenti

Con detti accorti ognor di miele aspersi.

Ma di Lotario l'opra è men gentile

Se il benefizio suo cade sul vile?

Taciti e cauti ambo si fur ridotti,

Dell'atrio presso, a una terrena sala;

Un sol desir colà li avea condotti,

Li spinge del timor la gelid'ala;

Brevi scambiâro insiem furtivi motti

E sceser poscia per un'ampia scala

Di pochi gradi nel regal giardino:

Ed escîr quindi con egual destino.

E come di Pavia varcâr le porte,

Rugger, del prence il tenero scudiero

Che ognor di lui volle seguir la sorte,

Ciascun di lor fornia d'un buon corsiero.

Ambo saliro; e dello spron sì forte

Dieder ne' fianchi al nobile destriero

Che partì ratto qual da corda strale

Sì che a seguirlo l'occhio altrui non vale.

Così fuggiano per la notte folta;

Di grigio ferro ognun de' due si veste;

Nella visiera ambo la faccia accolta,

Lo scudo egual, l'arme e la sopraveste;

Tale che in dubbio l'altrui mente avvolta

Guardar perplessa può quell'arme e queste,

Ma nè fra lor discerne Berengario;

Chè non diverso sembra ei da Lotario.

Del giorno comparve la bella foriera;

Ma Ugon la prevenne che sorto era in piè:

Dell'odio il combatte crudel la bufera:

Il sonno rifugge dall'occhio del re.

Un'ansia inquïeta, funesta lo assale:

Innanti venirsi fa un vecchio scudier;

Vendetta lo sprona... ma il cenno che vale?

La reggia è in tumulto, gli apprendono il ver.

«Su! prodi, in arcione! che il rege è tradito!

Ei grida furente; s'insegua quel vil!

Chi fugge è colpevole; in ceppi, schernito,

Sol orrida torre qui porgagli asil!»

E paggi e guerrieri già s'armano a gara;

Gli ardenti corsieri già mordono il fren;

Chè il servo a obbedire fra' despoti impara;

Ma il ponte è percorso — chi ratto ne vien?

Ruggero fedele d'Ugone ecco al piede

Recando una scritta del nobil suo sir.

La scorre il monarca; ma al guardo non crede;

Poi lento dal petto traendo il respir:

(«Son pari le spoglie... simìli son l'armi...

Oh indomita rabbia d'inutil desir!»)

E impone: «Sostate! di sangue bruttarmi

Non voglio; chè al cielo s'aspetta il punir.

Ripongansi l'armi; lo sdegno è cessato;

Al rio Berengario concedo perdon.

(Or quel che m'è forza concedere al fato

Lo credan clemente mio libero don.»)

Quel misero prence nell'erme sue stanze

Celando sue smanie trascorse quel dì.

È il figlio che ha tronche le inique speranze;

Pur mai come allora l'amplesso ne ambì.

Il sole s'asconde; chi lento si appressa?

— Sei desso Lotario?... sei desso!» — Lo son» —

— Ingrato che festi?» — «Mio padre deh cessa!»

Tra mesto ed altero s'innoltra il garzon.

Pur una gioia non provata mai

Il re conobbe per virtù d'amor: —

«Padre, dall'onta il nome tuo salvai:

Or mi punisci... » — Ed ei lo strinse al cor.

PARTE SECONDA

Argomento.

Torbide vicende politiche per le quali riesce a Berengario di occupare il seggio di Ugone il cui figlio associasi al regno per apparenza di gratitudine. Ma il virtuoso Lotario non è re che di nome, mentre Adelaide a lui fidanzata, e già ostaggio di pace fra il genitore e Rodolfo di Borgogna padre di lei, vien tenuta prigioniera in Pavia dal novello signore per avere ricusato le nozze di Adalberto suo figlio che erasene acceso.

Ma dall'arco degli anni scoccato

Negri giorni ha quel veglio immortale

Che a sè stesso serbandosi eguale

Via trascorre de' mondi il confin;

Che compagno, non suddito, al fato,

Strugge e passa in suo eterno cammin.

Nè Ugon più siede sul Lombardo seggio,

Chè rimanere alla natia Provenza

Allor fu d'uopo (onde sottrarsi a peggio)

Che Berengario, di sua folle assenza

Lieto, al Ticin giungea col suo corteggio

Gli stolti ad appagar di sua presenza

Che per cangiar di mal speran salute

E, ciechi al ver, al ver le lingue han mute.

Nè distornar potè la ria tempesta

Dal regio capo la possente sposa;

Eppur Marozia mai d'oprar non resta,

E invan promette, e si travaglia, ed osa;

Però che sempre ai costor danni è dêsta

11

La scaltra mente, e mai e mai non posa,

Di quel Pastor che ai Milanesi insegna

Non l'Evangel, ma sì a mutar d'insegna.

Lotario intanto il generoso figlio

Del re che a lungo avea con lui diviso

Lo scettro, ed or seco eleggea l'esiglio,

Vuol Berengario ancor sul trono assiso,

Onde evitare anche maggior periglio;

Che l'ama il volgo, e ben è scaltro avviso

Grato mostrarsi a cui la vita ei deve:

Gioco gli fia torsel dinante in breve!

Ma pria che torva del destin la faccia

A Ugon si mostri, ei da Rodolfo astretto

Che ad ogni istante il regno gli minaccia,

(E anco sovente il mise in gran distretto,)

Poi che nemico sempre invano il caccia,

Non pur amico alfin lo stringe al petto,

E dell'avito suo dominio a parte

Pone, che ognor più dall'Italia il pârte;

Ma lui congiunto chiede; e che la bella

Figliuola di Rodolfo abbia in isposa

Lotario ha fermo, onde amistà novella

Suggelli amore al quale è invan ritrosa

L'alma innocente di regal donzella.

Vaga Adelaide è qual ridente rosa:

E n'arde il prence di gentil desio

Onde ogni cosa e sè pone in obblio.

Nè acceser men la vergine pudica
Del prence l'opre ed il leggiadro aspetto;
E il dolce arcano asconde ella a fatica
D'un bel rossore innanzi al suo diletto.
Sol con Igilda, più che ancella, amica,
Il fren discioglie all'amoroso detto,
E delle nozze osa toccare alquanto
E s'abbandona ad un soave pianto.

Del suo gioir non è lontano il giorno;
E intanto di Pavia, nobile ostaggio,
Nella regal magion far dee soggiorno:
E vi sfavilla come ardente raggio
Che tutto abbella, tutto allegra intorno:
Ma l'aquilone all'alitar di Maggio
Succede; e abbatte la crudel aventura
Ahi! nel suo fior la speme sua matura.

Nell'improvviso turbin che lo avvolse,
Il fido prence non l'avea negletta:
«Se entrambi del destin lo sdegno incolse,
Uniti almea sfidiamlo, o mia diletta!»
Ma invan così supplice a lei si volse:
«Ferma Adelaide qui il suo fato aspetta».
Quella rispose. Ond'egli smania e freme
Chè oprar la forza per lei sola ei teme.

Ed or che in soglio il nuovo re si asside,
Quella Adelaide che d'Ugone in corte
Tenuta in onoranza il mondo vide,

Provò cangiata la volubil sorte;

E di costanza il nobil cor provvide

D'onor seguendo le fidate scorte:

Poi che Adalberto del monarca figlio

Non volse indarno alla donzella il ciglio.

Per lei si strugge egli d' amore insano,

E a quelle nozze il genitore inchina;

Però sperar ch'ella v'assenta è vano,

Ch'ella a tal prezzo mai non fia reina.

A cui promise ella darà la mano,

O incontro andranno all'ultima ruina:

Lotario intanto a lor sottrarla spera

Di cui la vergin langue prigioniera .

Qual tortore romita

Che innalza un flebil grido

Dal vedovo suo nido

Come il dolore a lamentar l'invita,

I suoi perduti giorni

Così la verginella

Piange nell'erma cella;

E invoca il dì che a libertà la torni.

Ma la gentil speranza

Del riso suo fa bello

Quel solitario ostello;

Però che con amor sempre ella ha stanza.

D'Igilda sua fu vanto

Lotario a quelle soglie,

Sotto mentito spoglie,

Addur protetto dal notturno ammanto

«Che valmi e scettro e regno

Se sconsolato io vivo?

Sol del mio ben son privo,

Schiavo, diss'egli, d'un potere indegno?»

E poi che iniqua sorte

Fra lor barriera pose

Le furie empie, gelose

Che ad ambo cruda anco minaccian morte,

Che seco andarne assenta

Del suo reame in bando,

Ei prega lagrimando

Colei che l'onta più che il duol paventa.

Angoscia disperata

E prepotente affetto

Combatte il giovin petto;

Ma ergendo alfin la faccia desolata,

Rispose: «In pria che spenta

Sepolta il re può avermi,

Ma non d'altrui vedermi;

E non fia mai che d'esser tua mi penta!

Ah! dica almen s'io t'ami

La mia costanza invitta

Ne' mali ond'hammi afflitta

Quegli che mai non fia che padre io chiami.

Che più da me richiedi?...»

E a lui prostrata cade

Quella regal beltade

Che fra' singhiozzi profería: «deh cedi!»

Con impeto amoroso

Rialza ei la pudica

Troppo severa amica,

Ed avvampar più sente il foco ascoso.

Esclama poi tremante

Dal pianto suo conquiso:

«Rasciuga il dolce viso!

Chè al tuo pregar non regge un'alma amante.

Ma vegga Italia omai

Te di Lotario sposa,

O questa a me oltraggiosa

Vita abbia fin che per te sola amai.

Forse parole estreme,

O donna, io ti favello;

Ma o teco o nell'avello,

Tuo sarai quei che sol te perder teme».

Il pallido sembiante

D' alto martire è impresso;

E riguardando in esso

Ella smarrita stassi al prence innante.

Commosso egli sel vede,

E con dolce atto, umìle

La bianca man gentile

Bacia cadendo della bella al piede.

China la vaga testa,

E a lui disfiora il volto

Essa col crin disciolto

Che lungo scende sulla bianca vesta.

Ei la si strinse al petto;

Portò la mano ardente

Al fronte poi repente...

E in un balen si tolse al caro aspetto.

Incontro all'uom sì forte

Parve il femmineo core;

Ma or fa vendetta amore,

E cadde tinta del color di morte.

PARTE TERZA

Argomento.

18

Rosilde figliuola giovinetta di Berengario celatamente sospira per Lotario che ella sapeva essere stato il generoso salvatore di suo padre; e scoperto che i suoi ne insidiavano l'esistenza giura sventare ad ogni costo la trama.

Già vicina era la sera

E Rosilde in sul verone

Una flebile canzone

Dolce, feasi a modular;

E parea la prigioniera

in quel canto invidïar.

Del tiranno ell'è la figlia;

Ma col sangue in lei non scese

Il desio d'atroci imprese,

Chè seguace è sol d'amor;

E ad un angiol rassomiglia

Nel virgineo suo candor.

Se modesta inoltra il piede,

Tosto involasi alla lode

Che sonar d'intorno s'ode

Sull'ingenua sua beltà;

Schiva ognun d'amor la crede

Per cui pace più non ha.

Ma qual fia, qual fia l'obbietto

Che parer fa ogni altro vile

Alla vergine gentile

Con insolito valor,

E governa il giovin petto

Come suole empio signor?

Oh poter del fato arcano,

Mentre d'altri a lei non cale

Fortunata è una rivale

Che accendea d'immenso ardor

Il garzon pel quale invano

Sempre vive nel dolor!

«Che mi val la libertade

Se i miei dì consuma il duolo,

Se disciorre agogno il volo

Sventurata! al mio fattor;

Nè bellezza in verde etade

Del destin vince il rigor?

Innocente è la mia brama;

Pur dagli uomini è reietta:

Altra donna il bene aspetta

Che sol voto è del mio cor:

Adelaide!... oh cielo! ei l'ama;

Che bramar potrebbe ancor?

L'hanno oppressa? oh lei beata!

Doni a me le sue catene;

Fiano ebbrezza a me le pene

Se morendo io dir potrò:

Da Lotario sono amata,

E il suo pianto io morta avrò!

Ma se i giorni a te d'accanto

Trapassar mi desse Iddio!...

Di quest'alma, o sol desio,

Vedi, io manco a un tal pensier!

La virtude oh quale incanto

Della gioia ha nel sentier!

Ma virtù che non ha speme,

Cui mercede è ognor negata,

Che deserta, sconsolata

Move il passo pellegrin:

Mentre soffre, mentre geme

Maledice al suo cammin!

Dammi, dammi, o Dio tu forza!

Tua pietà piangendo invoco;

Tu lo sai se puro è il foco

Onde avvampo, o lassa! invan;

O tu in me la fiamma ammorza

O non vegga io più il doman».

Così canta la donzella;

Quando il ponte ode percosso;

Il suo cor nel petto è scosso

Chè del prence egli è il destrier;

Guata e palpita la bella,

Varca il ponte il cavalier.

Dal verone ella discende

Fra i boschetti del giardino

A cui stanza aver vicino

Suol Lotario il suo sospir;

E fin l'alito sospende

Nel suo trepido desir.

Nel più folto del vïale

Dove sorge un gran cipresso

Pronunziare in tuon sommesso

Ode il nome del suo ben;

Freddo un brivido l'assale,

Ma il terror comprime in sen.

Porge ascolto; e un nero arcano

Le si svela... «ahi sfortunato!

Si sottragga a orrendo fato».

Sclama aspersa di sudor;

«Vada tosto egli lontano

Dal protervo genitor».

Fra sè stessa ella tai detti

Disse e sparve in un baleno;

Leve il piè rade il terreno,

È già lunge dal giardin;

Ah la notte il corso affretti!

Giunga ratta al suo confin.

La tua perdita han giurato:

Sorgi, via, chi t'assecura?

La tua morte si congiura,

Infelice! e sogni amor?

A uno spirto intemerato

Vano scudo è il suo candor.

Non posar la faccia mesta

Su quel perfido guanciale;

Temi, o misero, il pugnale

Sol nell'ombre uso a ferir;

Chi salvasti ahi vile! Appresta

Ora in premio il tuo morir.

Vanne, parti!... Ah no! t'intendo:

Qui l'amor ti lega e il fato;

Empia morte a lei d'allato

Puoi tu intrepido sfidar:

Solo ah sol per te tremendo

È il doverla quì lasciar.

Pellegrina, in strania terra

Teco andarne ella ricusa;

Il pudor natio la scusa

Chè più forte è del soffrir;

Abbia fin l'infausta guerra

Coll'estremo tuo sospir.

Che fa Rosilde nell'erma stanza?

Dolce speranza d'un bel rossor

Tinge la gota ch'è porporina

Qual la reïna vaga de' fior

Ma il volto amabile a quando a quando

Va pur velando gentil pallor;

Come degli umidi vapor sottile

Fassi un monile l'astro d'amor.

Come una lucida stilla amorosa

Tremula posa sul primo albor

Nel vago calice d'intatta rosa

Che rugiadosa più bella è ancor,

Tale una lagrima che par trabocchi

De' vivid'occhi cresce il fulgor;

Frequente anelito solleva il petto

Perch'è ricetto d'ardente amor.

Timore e speme cedonsi a gara

L'impero, o cara , de' tuoi sospir;

Ma un roseo sogno, se a te non mente

L'incauta mente, fia l'avvenir.

Con lui fuggire, da lui tu amata...

No, sfortunata, lo vieta il ciel;

Sappi che in terra giammai non lice

Esser felice a un cor fedel.

Sol coll'imagine d'un'infinita

Letizia invita l'Eterno sir

A sè lo spirito che può d'amore

Celeste ardore quaggiù nutrir.

Chè quel d'amore poter divino

L'uom pellegrino fa a Dio simìl;

E in pari fiamma da altrui diviso

Faria l'eliso d'alma gentil.

Nè soffre il Nume che ai divi eguale

Sorga il mortale nel suo gioir:

Ond'è cagione supremo affetto

In nobil petto di rio martir.

Lascia la vergine la casta gonna,

Ma non di donna spoglia il pudor;

Le membra assumono maschili spoglie;

Nel volto accoglie dolce rigor.

Invido l'elmo quai pregi asconde!

In sè le bionde chiome serrò.

Così trasformasi: la man di neve

Sottile e breve di ferro armò.

Cotal veggendosi d'ingenuo riso

Quel caro viso pur lampeggiò;

E nel virile vestito ascosa

Quanto è vezzosa dirsi non può.

Sotto la maglia del cavaliero

Amor ch'è arciero celato sta;

Ma a lui non giovano l'armi omicide

Chè altrui conquide colla beltà.

PARTE QUARTA

Argomento.

25

Fermo Berengario nel voler spento Lotario, finge di accondiscendere alla sua unione con Adelaide onde poter più facilmente compiere l'infame disegno. Rosilde ne avverte invano l'insidiato Principe al quale svela involontariamente il proprio amore. Piuttosto che allontanarsi da Adelaide egli prescieglie morire al suo fianco.

Alta regna la notte e nel castello

L'ampie vetriere rimbombar fa il vento;

E in suon lugubre in fra' spiragli geme

Delle massicce imposte e curva e sfronda

Giù nei boschetti le ramose piante.

Treman le torri all'urto impetuoso

Degli aquiloni e par che all'imo scosso

Crollar minacci quel di colpe infame

Soggiorno. Eppur sta del delitto accanto

Virtù soave; e candida innocenza

Del riso suo sfavilla. Ell'è dall'empio

Oppressa. Ebben? Divinamente bella

Faccia quaggiù di nostra origin fede

E della meta non mortal. Compagna

L'è Sapïenza e i secoli feroci

Con lei trasvola. Del suo vel solleva

Celeste un lembo allo sparir di quelli,

E di sua luce l'egro mondo avviva.

Umanità de' suoi tiranni in faccia

Redenta sorge ed a quel seggio anela

Cui Dio creolla. Un dì fia legge amore;

E della spada la ragione infranta,

Fia l'Evangelo ai popoli suprema,

Unica norma. Oh fortunata etade!

Ma ove deturpa il tradimento un soglio,

Ove sgabel n'è la giustizia, e legge

La cruda altrui perfida voglia, infame

Quivi è il poter: contamina lo scettro

Nobile spirto e più s'altri il divida

Di tempra non conforme. Il reo soverchia

Il Giusto ognor; nè può cosa nessuna

Partir col vizio chi del ben sia vago,

E a lui s'ispiri. A popolo corrotto

Invan dator di libertate uom fôra

(Di libertà che sol virtù sorregge)

Ove tristo signor fe' tristo il servo.

Ma sol di re, garzon, tu il nome avesti

E ben fu tua ventura — Ognuno è dêsto

Nella magion regal, chè veglia al paro

Vendetta e amor. S'asside questo accanto

Del misero Lotario; e al tetto quella

Ne va del reo monarca; e come il trono

Ei s'assecuri e in un il figlio appaghi

Spegnendo il suo rival torva gli addita.

Degne d'un Dio promette gioie Amore

Al fervido garzon. Ardon le vene

D'inusitata fiamma e i polsi e l'ossa;

Però che debil nel gioir si sente

Colui che forte era nel duol. «Fia mia!»

A quando a quando esclama e poi si vela

Per estasi gentil la sua pupilla.

Indi si scuote e fuor la pioggia ascolta

Scrosciar dirotta e se ne allegra. Ah tutto

Assume un lieto e per lui nuovo aspetto

Nel qual riflesso un vivo raggio ei mira

De' suoi contenti. Oh sì divino incanto

Durar può mai se nei terrestri ha loco?

No, che durar non può. Del cielo è un lampo

Ch'è guida al ciel. Oh guai a lui che in turpi

Piaceri involto quel benigno lume

Smarrisce! Egli erra per deserte lande,

Per aridi deserti ove non suona

D'amor la voce ed il brutale impero

Del senso ha seggio che lo spirto ancide

Di fior pascendo fetidi i suoi ciechi

Sudditi abbietti. Ah dal divin delirio

Non ti destar che te fa pari a un Nume!

O se svegliar ti dèi, deh ciò non fia

Se non di là dalla terrestre sponda

Non venga il dì che invidïar te stesso

Tu debba e dir: «Nessun maggior dolore

Che ricordarsi del tempo felice

Nella miseria!» Ah no! garzon, l'avello

Trascegli in pria; l'avel sacro rifugio

Dell'anime sublimi; e te sottragga

A quell'ambascia che l'intera accoglie

Eternità di duolo in un'istante!

Scendi, garzon, felice nella tomba;

E ognun vi scenda al quale amante core

Palpiti in sen; perchè martiro atroce,

Incomportabil sol l'attende in terra.

Apre secreto un'andito

Del giovane alla stanza;

Di passi un lieve strepito

Fu udito in lontananza

E poscia incerto e timido

Comparve un cavalier

Laddove è ancor Lotario

Assorto in un pensier.

E mentre cauto inoltrasi,

Volgendo il prence il viso

Vede colui che tacito

Par da timor conquiso;

La mano al brando correre

Volea; ma proferì

Quegli un'accento; e rapido

Lo sdegno suo sparì.

Al gesto supplichevole,

Alla femminea voce,

Meravigliato arrestasi;

Però che a lui non nuoce

Donna che fra le tenebre

S'attenti a lui venir,

E che sognando il gaudio

Accresce il suo martir.

— «Donzella, a me che guidati?

Cerchi da me difesa?

No, non temere; abbomino

Ogni non degna impresa.

Chi sei? che vuoi? deh parlami

Qual ti foss'io fratel;

Il duol m'è sacro; e il debole

Con me protegge il ciel».

— «Oh nobil cor!» La vergine

Vieppiù dei prence accesa

Susurra allor; «qual dubbio

Tenermi or può sospesa?

Tramano intanto i perfidi

Contro gli amati dì!»

E in sen premendo i palpiti

Gli favellò così:

«Ah non il mio qui traggemi,

Signor, ma il tuo periglio;

Da queste mura involati!

Questo ti dò consiglio:

Giurava alcun di spegnerti;

Ma, il credi, invan giurò.

Ch'io salvi quel magnanimo

Che il padre a me salvò».

— Oh ciel! saria possibile?..

Tu sei? — Rosilde io sono».

Ella tremante scopresi;

A lei dinante ei prono

Contempla il viso angelico

Suffuso di rossor;

Appena il crede e turbasi

Per moto arcano il cor.

— «Come rifulge l'iride

Appresso alla bufera;

Come la luna argentea

Schiara una mesta sera;

Così ti veggo splendere

Di non mortal fulgòr,

Fanciulla!.. ah tu sei l'angelo

Di pace apportator».

E riverente ed umile

Di lei prostrato al piede

E fisso il guardo estatico

Nel suo, la donna il vede;

Da forza irresistibile

Sospinta allor sclamò:

«Fuggiam, Lotario, affrettati!

Compagna a te sarò!»

A queste voci ei scuotesi;

Ch'è d'altra donna amante

Ricorda; e fosco e torbido

Già fatto nel sembiante

Esclama: «E chi m'insidia?»

— « Non chiederlo, o signor!

— Intesi! ah quel silenzio...

— Non farmi a brani il cor.

Ah fossi io pur dimentica

Che suora e figlia io sono:

Sia prezzo di mie lagrime,

Signor, l'altrui perdono!

Vieni! gl'istanti fuggono... —

— Non sai... — Che t'amo io so! —

— Cielo!! tu m'ami? — Ah sappilo

Se muori, io pur morrò!»

E un pianto inconsolabile

Bagna le guance smorte;

Egli lo mira e sentesi

In petto il gel di morte.

«O ciel, son io fra gli uomini

Sol segno al tuo furor?»

Irrompe; e a lei rivoltosi

Poi con fraterno amor:

«Non una vita spendere

Vorrei per la tua pace;

Sparsa qual è di triboli,

In preda al tempo edace:

Ma se di gioia secoli

Fosser serbati a me,

Io li darei per tergere,

Fanciulla, il pianto a te!

Eppur qui resto... acquetati...

Illustre sfortunata!

Pria di te un'altra amavami;

A lei mia fede, ho data:

Al nuovo giorno compiersi

Dè il rito nuzïal;

Non m'ameresti, o misera,

S'io fossi uno sleal!» —

— «E ancor resisti? Ascoltami:

Doman condurre all'ara

Speri Adelaide e apprestasi

Intanto a te la bara.

Finse deporre il barbaro

L'antico suo rancor

Per più securo opprimerti;

Lo credi al mio dolor!

Me amar non puoi; chè vietalo

Il mio destin crudele;

I miei martir dimentica,

Ti serba a lei fedele.

Per te l'amata vergine

Dal carcer suo trarrò;

E te seguir coi fervidi

Miei voti ognor saprò.» —

—   «Ah non indarno un'anima

Sì puro vel riveste!

Dè un culto aver tra gli uomini

La tua beltà celeste;

Tu sei qual astro amabile

Ch'è scorta al vïator;

E a te mi prostro, o specchio

Divin, del creator!

Perdona, e insiem compiangimi!

Solleva il ciglio altero;

Del tuo sublime spirito

Riprendi ora l'impero:

Meco a fuggir non piegasi

Quella che il cor piagò;

Ebben; d'amore io vittima

Qui presso a lei cadrò!

Il mio voler non cangiasi;

Qui fermo attendo il fato;

Non il morir, ma il vivere

Paventa un disperato

Che, altrui cagion d'angoscia

Sol nato è per soffrir!» —

— «Ah dunque più non restami,

Che al fianco tuo morir!»

In così dir scolorasi

La delicata faccia;

Il piè vacilla, un gelido

Sudor le membra agghiaccia.

Sviene la bella — ei stracciasi

Qual forsennato il crin;

E intanto appar la rosea

Foriera del mattin.

L'alba d'un lume candido

Quelle sembianze irraggia;

E qual, se in sonno placido

Celesti cose assaggia,

D'un Serafin l'etereo

Volto sfavilla, e tal

Risplende il viso pallido

Che non ha in terra egual.

Di lei pietosa e conscia

Una devota ancella

Tacita avea con ansia

Seguito la donzella;

In quella stanza videla

Entrar furtiva ancor,

E l'attendea; ma cedere

Dovette al suo timor.

«Oh qual feral silenzio!

Fra sè dicea, che fia?

È d'uopo omai raggiungerla

Se in ira anco le sia:»

Accorre; e fredda, esanime,

Rosilde al suol trovò;

Diè un grido; e alle sue soglie

La vergin trasportò.

PARTE QUINTA

Argomento.

Rosilde gettasi desolata ai piedi del padre chiedendogli piangendo la vita di Lotario che ella confessa di amare disperatamente. Egli le fa intendere che l'esistenza di lui non istà più nell'arbitrio degli uomini ed alla vista del suo dolore sentesi straziato dai rimorsi. Il nuziale corteggio si avvia intanto al tempio d'onde ritorna in breve recando moribondo al palazzo il tradito Lotario. L'infelicissima Adelaide riceve gli ultimi accenti ed il sospiro estremo del suo sposo e rimane siccome immemore di sè stessa dinanzi all'amato cadavere.

Il palagio a letizia si desta;

Suonan gl'inni, infiorato è l'altar;

Alla sposa la candida vesta

Ecco Igilda s'affretta a indossar.

Adelaide... ell'è tacita e mesta;

La conturba un presagio crudel;

Ed invano a quel rito s'appresta

Che sì a lungo implorato ha dal ciel.

Rassomiglia sì languida e smorta

Tronco un giglio sul fragile stel;

E ben par di persona che è morta

La man fredda qual gelido avel.

Fisso è il guardo, inclinata la testa;

Invan chiede l'ancella fedel:

«Deh che avvenne?» Ella immobile resta;

È più bianca del bianco suo vel.

E Lotario? un'insolito ardore

Gli arde il capo, il respiro vien men;

In que' guardi rassembra furore

L'amor suo già sì puro e seren!

Ei le afferra convulso la mano;

E un tremore, infelice! lo assal;

Poscia irrompe in un ridere insano;

Il ricopre un pallore mortal!..

«Santa vergin, gli porgi tu aita!

Corri, Igilda, soccorso pietà!

O Lotario, rinasci alla vita

Or che lotte per noi più non ha.

Sogno orrendo! no, o Dio; non s'avveri!

Pria ti prendi i miei giovani dì!

M'hai ridêsta ai giocondi pensièri,

Mio lo festi, per tormel così?

Esaudisti la calda preghiera

Che ti porsi dal carcere ognor

Perchè rieder colà prigioniera

Or bramassi? no, grazia, o Signor!

Grande Iddio, se a' miei squallidi giorni

Nè brillar deve un'astro seren,

Fa che al lutto di prima io ritorni,

Ma proteggi, ma salva il mio ben!»

Così prega. La fronte ei solleva,

Nè più affanna l'anelito il sen;

Più quel ciglio il torpor non aggreva;

Sotto il piè non vacilla il terren.

37

Mesto un riso il suo labbro disfiora;

Sorge; e «o cara, per me non temer,

Sclama; ah tanto invocato ho quest'ora!

Di quest'ora or m'opprime il piacer!»

Adelaide non ben s'assecura;

E la destra recandosi al cor,

Del suo fido, l'orribil sventura

Che allontani Dio supplica ognor.

E sorrider pur tenta, ma il riso

Si scolora sul labbro qual fior

Ch'aspro gelo cogliea d'improvviso

E obbliato sul cespo sen muor.

Vanno al tempio; e lor sembra una tomba;

E l'altare di morte il guancial;

Cupo un suono per gli archi rimbomba —

È la tromba del giorno final.

Pallida pallida, disciolto il crine,

La figlia è supplice del padre al piè:

«Di mia stagione son giunta al fine

Se non ha il fervido pregar mercè!

Amo Lotario; s'ei per te cade,

Morta la figlia vedrai doman. —

— L'ami? ell'è insania d'acerba etade,
Farmaco è il tempo, mi tenti invan!
Non io di spegnerlo formai pensiero;
Ed osi il padre, folle, accusar?
Sei del monarca delizia, è vero;
Fa che non l'abbia oggi a scordar. —

— Padre, puniscimi! offro al tuo sdegno
Quei dì che rapido già il duol sfiorò:
Ti giovi illudere, fingendo, il regno;
Ma in faccia a morte mentir chi può?

Ah di Rosilde sol l'ombra io sono!
Dall'orlo io priegoti del cupo avel:
Oh grazia! grazia! se vuoi perdono
Tu pure un giorno sperar dal ciel.

Se la tua prece non sia reietta
Da Quei ch'è giudice d'ogni mortal,
La mia tu accogli! — No, mia diletta!.. —
— Lotario salva!:.. — Pregar non val.

È tardi... intendi? di lui la vita
Più nell'arbitrio dell'uom non sta... —
— È tardi?» replica ella smarrita
Qual chi più lagrime, più lai non ha!

Alle sue stanze muta s'avvia;
E sol profondo dall'imo cor

Lungo un singulto romper s'udia...
Scolora udendolo il genitor.

Rimorso atroce lo strazia a brani
E solo è fabbro del suo dolor:
La chioma svellesi coll'empie mani,
Fassi il delitto suo punitor!

Torna dal tempio il nuzïal corteggio;
E nella reggia sbigottiti e tristi
Riedon donzelle e cavalieri e paggi
Nei sospettosi sguardi e nei sembianti
Svelando quel che proferire aperto
Non osa il labbro. Da terror conquiso
Il volgo si disperde. Eppur non puote
In lui così che la pietà soverchii.
E del vicino attentasi all'orecchio
Di tradimento bisbigliar ciascuno
E di veleno. Inumidirsi il ciglio
Anco fu visto ai più valenti e prodi
Tra i popolani.... pel morente prence
Che amavan tanto. E di compianto e d'ira
Alzossi un mormorio che primo scosse
Di Berengario il trono; accumulando
L'odio su lui del popolo schernito
Di cui la voce anco talor possente
Fu nella ferrea etade. — Era compita
La sacra cerimonia e a' piè dell'ara
Cadea Lotario dai Baron sorretto
Della sua scorta. Essi al regal palagio

Il recan lagrimando. Acuto strido

La sposa alzò; ma dello spirto il volo

Rattenne, forte in suo desir; chè accôrre

Di lui volea le voci estreme e il guardo

Ultimo aver dell'adorato sposo.

— «No, Adelaide, no, vedova e sola

Non ti lascio; chi il disse mentì;

Pronunziare ineffabil parola

Or nel tempio il tuo sposo ti udì.

E tu pensi, o diletta, ch'io mora

Or che il cielo beato mi vuol?

Io morir! io morire in quest'ora

Che cancella una vita di duol?

Or sei mia! Vieni al talamo, vieni!

Che contati gl'istanti mi son...

O speranza di giorni sereni!..

Dammi, amore, l'estremo tuo don.

No, morir non vogl'io; se mi lice

Un'istante serrarti al mio sen...

Vieni, o sposa...» Egli manca, infelice!

S'abbandona sul letto e vien men.

Ed il ciglio alla donna che plora

Dolcemente nel volto fissò;

Chiuse gli occhi, riaperseli ancora;

Le sorrise.., «Addio!» disse, e spirò.

Sulla sponda del letto si atterra;

Sull'estinto ella il volto chinò;

Più de' mali non sente la guerra,

Collo sposo il suo spirto volò.

Nel dolore avvi un'estasi ancora

Che per poco ne invola al dolor;

Tal le avviene: coll'uomo che adora

Ora in cielo è quell'angiol d'amor.

Di sè inconscio il bel corpo respira;

E in quel vago atteggiarsi ed umíl

Alla Vergin che al Figlio che spira

Volge gli occhi pietosi, è simíl.

Sembra in quel della morte soggiorno

Un de' santi Cherùbi che a stuol

Del Divino alla spoglia d'intorno

Sul Calvario fermarono il vol.

Quel de' sensi benefico obblio

Che lo toglie a terribil martir

Deh! prolunga, o clemenza di Dio,

Chè a lei troppo pur resta a soffrir.

PARTE SESTA

Argomento

42

Sopraggiunge Rosilde, la quale il dolore avea quasi tratta di senno, e rampognando con acerba ironia Adelaide le predice il suo futuro matrimonio con Ottone e spira accanto a colui che mai non aveala amata e del cui amore proclamavasi sola meritevole. Berengario passa la notte accanto alla bara della sua diletta Rosilde e di Lotario in S. Ambrogio in Milano e ne diviene ad un tratto canuto.

Chi vien? ahimè! qual démone

Rosilde or qui trascina?

Ella all'amato giovane

Giurò morir vicina.

Le ancelle invan la seguono

A rattenerla intente;

D'amor funesto vittima

Altro non ode e sente.

Innanzi a quel cadavere

Le manca e voce e vita...

Così la rosa inchinasi

Sul cespo inaridita.

Impetuosa sorgere

Fu vista in un baleno;

Ed al garzone aspergere

Di pianto il volto, il seno,

A nome poi chiamandolo

Con disperata ambascia:

E in preda a quelle smanie

Così la sposa il lascia?
Bagnar d'ardenti lagrime
Lo può la sua rivale,
Nè quelle stille scendonle
Al cor qual rio pugnale?

Ah no! di quella misera
Ella pietà sentia
Quando alle voci, ai gemiti
Di lei s'accorse in pria.

Nè sdegno poscia accenderla
Poteva allor che bieca,
Di gelosia, d'angoscia
Colei furente e cieca,

Crude rivolse ingiurie
All'innocente oggetto
Che di Lotario tolsele
Quaggiù l'ambito affetto.

Esser non può fra gli uomini
Cagion del suo lamento
Se non colui ch'è inizio
E fin del suo tormento.

Fuor che da quello origine
Gli affetti suoi non hanno;
Assorta in lui, che importagli
Se il mondo è a lei tiranno?

Altro poter quell'anima

In terra or più non move;

Con lui la sua letizia;

È la sua speme altrove.

Conforto è sol ripetere

Con dolorosa ebbrezza:

«Visse e moriva amandomi!»

Altro quaggiù non prezza.

Ma quel che a lei di gaudio

È pura fonte e sola,

Lo strazio inenarrabile

Dell'altra non consola.

Rosilde ahi! refrigerio

Al suo martir non trova;

Le inaspra i fieri spasimi

Quello che all'altra giova.

«Fu amata... oh ciel! fu l'ultimo,

Fu il primo suo sospiro!..»

Questo pensier terribile

La pasce in suo deliro.

Le fibre sue dilania;

E lei, che avventurata

Estima in suo cordoglio,

Pel braccio afferra e guata.

Allor con indicibile

Accento a lei rivolta,

Torva nel ciglio, irrompere

Fu udita: «O donna, ascolta!

Col suo morir cessarono

Sovr'esso i dritti tuoi;

L'impero suo dividere

Tal si dovea fra noi.

Fin che animava un palpito

Quel cor, fu a me ribelle:

Però nostr'alme furono

Sempre in amar sorelle.

Ed or ch'egli è dal carcere

Del suo bel corpo sciolto,

Nè dalle umane tenebre

Scernere il ver gli è tolto,

Di me dolente, abbomina

Certo l'antico errore;

E scopre a qual dovevasi,

Qual di noi merta amore.

Sottrarlo a trame orribili

Sola potuto avresti;

Col tuo rigore, o perfida,

Tu invece lo uccidesti.

Tu per salvarlo, perdere

Temesti e vita e fama:

Colei che nell'esilio

Niega seguir chi l'ama,

Dritto non ha di piangerlo

Poi che per essa è spento:

Tra ei ne sente, o ipocrita,

Lassù dal firmamento.

Sol io l'amai; le insidie

Vili scoperte appena,

Pel suo mortal periglio

Sol di terror ripiena,

Scordai me stessa; infrangere

Volea le tue catene;

Chè teco irne sol profugo

Potea per stranie arene.

Non più dubbiosa e timida,

Di vergine regale

Deposto ancor l'orgoglio,

Ogni onta, ed ogni male

Avrei sfidato impavida

Sol per serbarlo in vita:

Tanto potea chi amavalo

Per te da lui schernita!

Oh alfine è mio! tu scostati;

Mio lo facea la morte:

Ed or Veggente rendemi

Per tuo rossor la sorte.

No, non m'inganno!.. accendonsi

Le nuzïali tede...

A Otton la mano porgere

Ti veggio ... egli ha tua fede.

Tu ascendi un'altro talamo...

Ah vanne!.. or tutto è mio:

Mi squarcia il vel de' secoli

Per tuo rimorso Iddio!..»

Nel vaticinio brillano

Que' rai d'ardor funesto;

Che qual baleno spegnesi...

E aggiunge in suon più mesto:

«Donna, ad Otton tu serbati!

Non io, no, l'abbandono:

Muoio con lui; tu prostrati

E invoca il suo perdono».

In quel furore indomito

Essa Michel parea

Che dal punire è reduce

Nel re la gente ebrea.

L'altra nel suo silenzio

Non par terrena cosa;

È rassegnato un'angelo

Che sovra un'urna posa.

48

In Sant' Ambrogio è posta il dì vegnente

Di re Lotario la terrena spoglia;

Sterile affetto la pietosa gente

A torme tragge sull'augusta soglia.

Del sonno eterno è pur colà dormente

Rosilde bella; e ognuno al pianto invoglia

Morta veder la vergine gentile

Spuntato appena de' suoi dì l'aprile.

Ma come scende tacita la sera

Vassene il volgo; e sol entro si chiude

Chi a quel leggiadro fior di primavera

E al prence insieme ora l'avel dischiude.

Presso al feretro è muto alla preghiera,

E fa il terror le pene sue più crude,

Terribil notte che quell'alma ha dôma!

Nera pur ier, bianca è al mattin la chioma.